花韵

幽韵雅集·古诗词选

自在飞花轻似梦

何薇 编著

陕西新华出版传媒集团
太白文艺出版社

图书在版编目（CIP）数据

花韵 ：自在飞花轻似梦 / 何薇编著. -- 西安 ：太白文艺出版社，2020.8
（幽韵雅集·古诗词选 / 李路主编）
ISBN 978-7-5513-1494-7

Ⅰ. ①花… Ⅱ. ①何… Ⅲ. ①古典诗歌－诗集－中国 Ⅳ. ① I222

中国版本图书馆 CIP 数据核字（2020）第 097593 号

花韵：自在飞花轻似梦
HUAYUN:ZIZAI FEIHUA QING SI MENG

主　　编　李　路
作　　者　何　薇
责任编辑　李明婕
装帧设计　钟文娟　刘昌凤
出版发行　陕西新华出版传媒集团
　　　　　太白文艺出版社
经　　销　新华书店
印　　刷　河北环京美印刷有限公司
开　　本　787mm × 1092mm　1/32
字　　数　76 千字
印　　张　6.5
版　　次　2020 年 8 月第 1 版
印　　次　2020 年 8 月第 1 次印刷
书　　号　ISBN 978-7-5513-1494-7
定　　价　49.80 元

联系电话：029-81206800
出版社地址：西安市曲江新区登高路 1388 号（邮编：710061）
营销中心电话：029-87277748　029-87217872

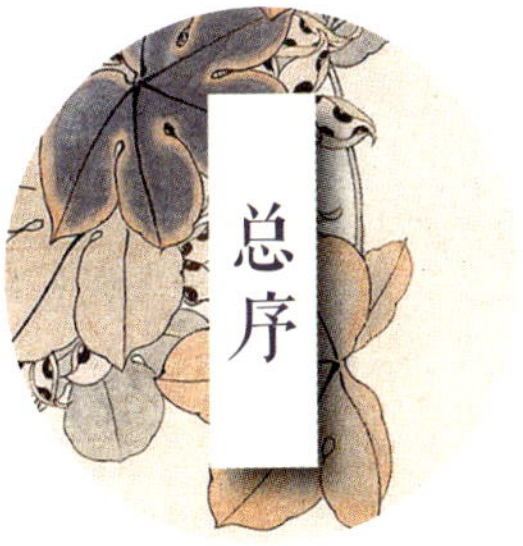

总序

行幽韵之事，博雅趣之长

李路

有书云：香令人幽，酒令人远，茶令人爽，琴令人寂，棋令人闲，剑令人侠，杖令人轻，麈令人雅，月令人清，竹令人冷，花令人韵，石令人隽，雪令人旷，僧令人淡，蒲团令人野，美人令人怜，山水令人奇，书史令人博，金石鼎彝令人古。

说尽世间之『韵』事也。

古典诗词蕴含着中华民族千年文化的基因，从中国诗歌的滥觞《诗经》开始，绵延不绝，形成了楚辞、唐诗、宋词、元曲等一座座高峰。这些跨越千年的文字，如那亘古沉静的璀璨星辰，点亮中华文明的发展历程，使之流光溢彩、熠熠生辉。

曾几何时，我们跟随苏子瞻共吟『莫听穿林打叶声，何妨吟啸且徐行。竹杖芒鞋轻胜马，谁怕？一蓑烟雨任平生』，千古洒脱、百世豁达；跟随李太白同问『青天有月来几时，我今停杯一问之』，豪放俊迈、浪漫飘逸；跟随王摩诘共奏『独坐幽篁里，弹琴复长啸』，诗卷漫天，物我两忘；跟随李易安同叹『醉里插花花莫笑，可怜春似人将老』，真挚庄雅，婉丽哀伤；跟随纳兰容若共愁『西风多少恨，吹不散眉弯』，哀感顽艳，格高韵远……这些熟悉的文字，勾勒出一圈圈唯美的时光年轮，伴随我们安静地与岁月对话。

古人善雅事，『纸帐梅花，休惊他三春清梦；笔床茶灶，可了我半日浮生』『灯下玩花，帘内看月，雨后观景，醉里题诗，梦中闻书声，皆有别趣』。

据此，择香、酒、茶、琴、棋、剑、杖、麈、月、竹、花、

石、雪、僧、美人、山水、书史、金石相应清诗雅词，辑为小集，名『幽韵雅集』，行幽韵之事，博雅趣之长。

让我们在这些文字中赏松阴花影的静谧，山月美人的清魂，拨弦烹茶的惬意，采菱秋水的灵动。听琴声悠扬，行笔墨流转，品人间雅趣。

三千年来的古诗词，浩如烟海，编者在辑选过程中，以意境美、文字美、韵律美为择选的标准。在鉴赏时，不求全析，只求共鸣，用感发人心的淡美文字对其解析。

本辑精选齐白石、吴湖帆、溥儒、石涛、傅抱石、黄宾虹、于非闇、陈少梅、张石园、吴昌硕等大师的绘画作品，文、图、鉴意境融合，辉映共生。

同时，编者严选底本，精心校注，展现经典本来的面貌。

在编排过程中，本辑提取诗词名字的首字部首，

并依据《汉字部首表》，按照笔画数由少到多的次序进行排序。但因编排体例的限制，笔画数相同的以及起笔笔形相同的，不再遵循横（一）、竖（丨）、撇（丿）、点（丶）、折（乛）的顺序排列，而按照各诗词不同意境依次排序。

因能力有限，在成书过程中，未免有鲁鱼亥豕之讹，敬请各位读者不吝指正。

二〇二〇年五月

自序

这是惊艳的花，亦是惊艳的诗词。古往今来，文人墨客以花为主题，留下了不少诗篇。而这其中，季节花又是最受欢迎的。到了时节，人们也总愿乘兴，与君共赏。春有桃花，夏有荷，秋意浓时有桂、菊，万木凋零后还有火红的梅。四季轮回，花是繁多的，也是不间断的。

这本诗集里的诗都与花有关。诗人执笔，『深藏数点红』于诗词里，一字一句是那样的浪漫而深情，也都很美。四季花事因此也得到了永生，每一朵花都在绽放灵气，每一朵花亦都意义非凡。

花是浪漫的归属。越过冬的寒意，仿佛可以听见那千万朵花儿争相绽放的声音。『樱桃花，一枝两枝千万朵。』虽只十多日，却是朵朵烂漫，摄人魂魄。『两两轻红半晕腮』，带着甜甜的羞怯，款款从青涩

走向了亭亭如盖。『微雨过，小荷翻，榴花开欲燃。』谁不想将其仔细端详？

花是一个人的相思。朵朵都在祈盼，奈何另一朵却永不知情。深夜里，『只恐夜深花睡去，故烧高烛照红妆』，海棠依旧难眠。异乡处，『宣城又见杜鹃花』，掩不住的思念，在回忆中悠长。花开时最寂静，悄然生长，满院白茫茫，『一庭栀子香』。花落时最伤感，熙熙攘攘之后，瓣瓣芳菲，『林花谢了春红』，终逃不了零落成泥，『寂寞空庭春欲晚，梨花满地不开门』，遍地都是孤单。

四季的花，在这里，浓得化不开。莫辜负了花情，且让我们在这四季花『诗』中雕刻时光。

二〇二〇年六月

目录

·一笔画·

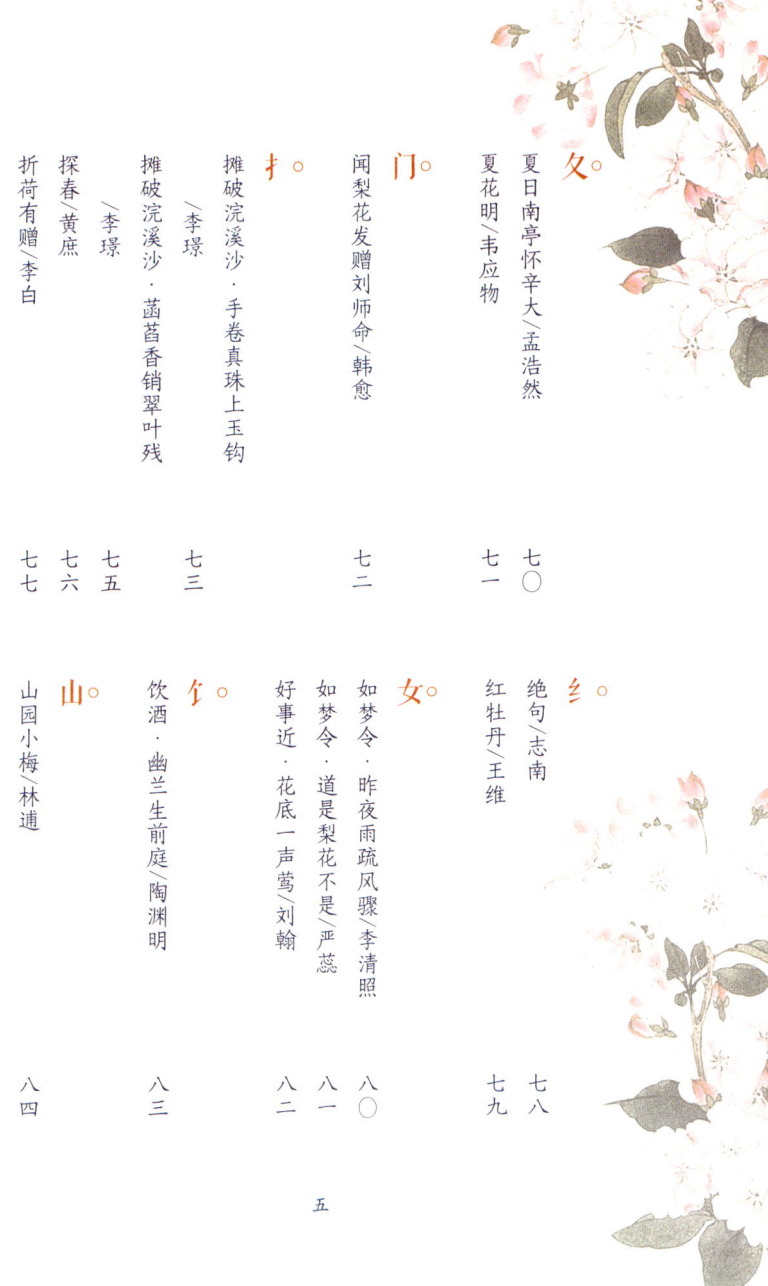

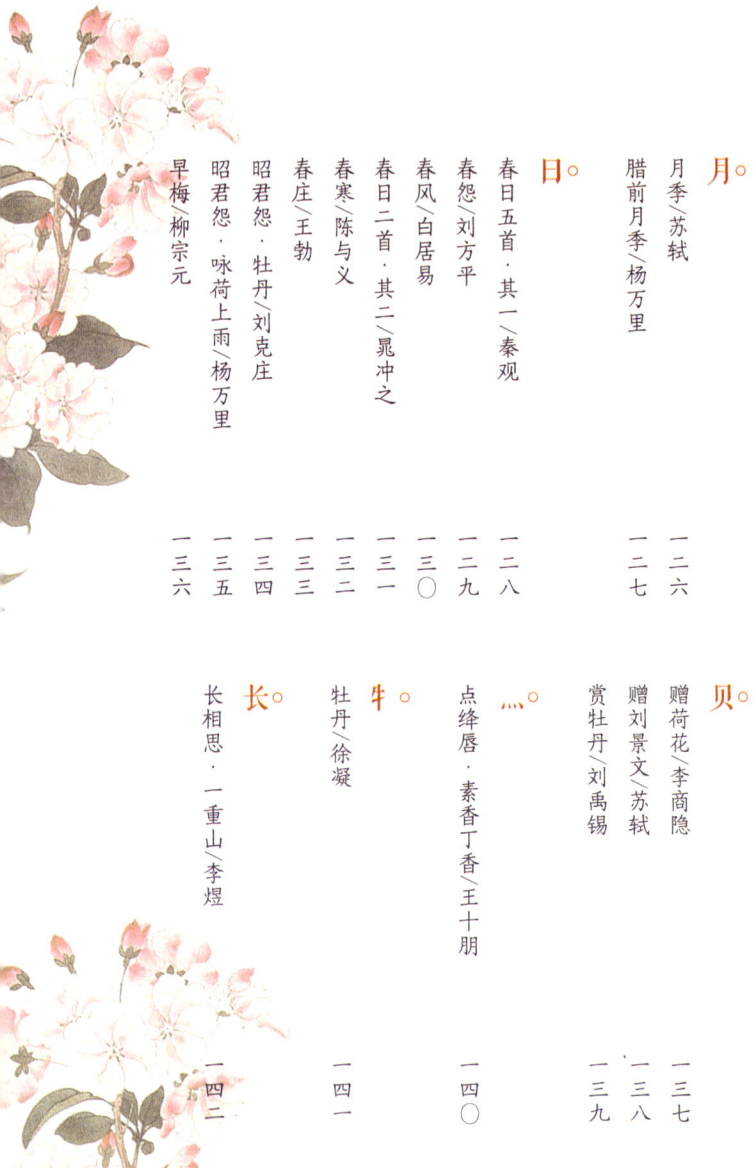

月。

日。

贝。

灬。

牜。

长。

·五笔画·

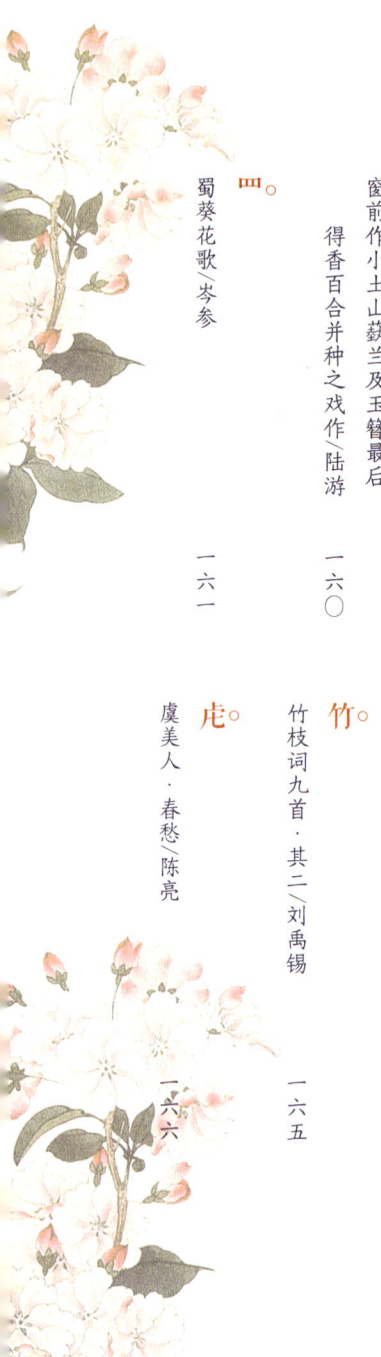

·七笔画·

·八笔画·

花韵

自在飞花轻似梦

花韵

去年曾作此

李花圖一卷
自以為尚有
欠妥的缘今
年開歲重作
此圖未必處
有所作嘗試
一九五七年元旦
非闇并記

花
令
人
韵

◎临江仙·庭院深深深几许

【宋】李清照

庭院深深深几许？云窗雾阁春迟。

为谁憔悴损芳姿。夜来清梦好，应是发南枝。

玉瘦檀轻无限恨，南楼羌管休吹。

浓香吹尽有谁知。暖风迟日也，别到杏花肥。

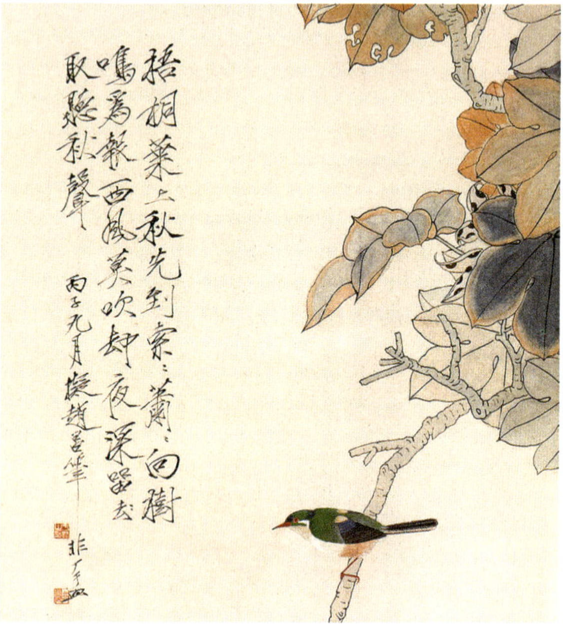

◎李清照，宋代女词人，婉约词派代表，号易安居士。其词前期多写悠闲生活，后期多悲叹身世，情调感伤。

◎夜梦疯长，那里藏着我一直想念的一个缥缈的人。梅雪争报春，何时能相聚？唯闻幽幽羌笛咽，梅香盈满南楼，有谁知？无奈，尽作相思了。

◎临江仙·夜登小阁忆洛中旧游

〔宋〕陈与义

忆昔午桥桥上饮，坐中多是豪英。
长沟流月去无声，杏花疏影里，吹笛到天明。
二十余年如一梦，此身虽在堪惊。
闲登小阁看新晴，古今多少事，渔唱起三更。

◎陈与义，宋代诗人，字去非，号简斋。其诗前期清新明快，后期雄浑沉郁；词作则清婉秀丽。著有《简斋集》。

◎遥想当年，杏花疏影，群豪畅饮。而今楼中观雨后晴，只留下几首佚名的渔歌，把昨日之事低唱。

◎曲池荷

【唐】卢照邻

浮香绕曲岸，
圆影覆华池。
常恐秋风早，
飘零君不知。

◎卢照邻，唐朝诗人，字升之，号幽忧子。尤工诗歌骈文，以歌行体为佳，著有《卢升之集》等。

◎荷池边绿荫浓重，散了夏日的溽热，迎面飘来清新的香气。月光在池水中，撩着每一片荷叶。我做着仲夏夜的梦，唯恐萧萧风起，把夏吹走了，只留枯荷与我。

◎乌夜啼·石榴

〔明〕刘铉

垂杨影里残红。甚匆匆。
只有榴花、全不怨东风。
暮雨急。晓鸦湿。绿玲珑。
比似茜裙初染、一般同。

◎刘铉，明朝学者、官员，字宗器，号假庵。工诗善文，著有《文恭公诗集》。

◎一阵风一场雨，送走了缤纷春日，迎来了淋漓夏天。望窗外，雨声淅淅沥沥，满目青翠，只有榴花染夏。

◎重阳席上赋白菊

[唐] 白居易

满园花菊郁金黄，
中有孤丛色似霜。
还似今朝歌酒席，
白头翁入少年场。

◎白居易，唐朝现实主义诗人，字乐天，号香山居士。其诗题材广泛，语言平易通俗，著有《白氏长庆集》。

◎放眼望去，满园秋深菊黄，唯有一株花色霜白。这笙歌酒席上，原来都是少年郎，只我一人，白发苍苍。

◎东栏梨花

〔宋〕苏轼

梨花淡白柳深青，
柳絮飞时花满城。
惆怅东栏一株雪，
人生看得几清明！

◎苏轼，北宋文学家、书画家，字子瞻，号东坡居士、铁冠道人。力倡以诗为词，词开豪放一派，著有《东坡七集》等。

◎东风吹，柳絮飘，满城梨花白。独立东栏，目及这一树雪白，无语，沉默。灿烂终将停息，好在春已在心中存留。

◎一剪梅·红藕香残玉簟秋

【宋】李清照

红藕香残玉簟秋，轻解罗裳，独上兰舟。
云中谁寄锦书来，雁字回时，月满西楼。
花自飘零水自流，一种相思，两处闲愁。
此情无计可消除，才下眉头，却上心头。

◎前往深秋，我见证了池水中的荷花，从盛开到凋谢，芬芳消隐。那曾被久久凝望的天边，已有阵阵归雁飞过。而今月上西楼，让人一夜相思。

一剪梅·雨打梨花深闭门

【明】唐寅

雨打梨花深闭门，
忘了青春，误了青春。
赏心乐事共谁论？
花下销魂，月下销魂。

愁聚眉峰尽日颦，
千点啼痕，万点啼痕。
晓看天色暮看云，
行也思君，坐也思君。

◎唐寅，明代画家、文学家，字伯虎，号六如居士。其诗文以才情取胜，著有《六如居士集》。

◎忘了：一作“孤负”。误了：一作“虚负”。

◎隔窗听雨落，残了梨花，负了春光。问年华，只道落了一身神伤。闲看晓天暮云。何人知，这一地梨花皆在替我，想念你。

◎画堂春·雨中杏花

〔明〕陈子龙

轻阴池馆水平桥，一番弄雨花梢。
微寒着处不胜娇，此际魂销。
忆昔青门堤外，粉香零乱朝朝。
玉颜寂寞淡红飘，无那今宵。

◎陈子龙，明代文学家，初名介，字人中，后改字卧子，号大樽。工词，为婉约词名家、云间词派代表人物，著有《江蓠槛》等。

◎春光在细雨微寒中悠长，在飘落的杏花间短暂。看，现在连蝴蝶也不来了。

◎不第后赋菊

【唐】黄巢

待到秋来九月八，
我花开后百花杀。
冲天香阵透长安，
满城尽带黄金甲。

◎黄巢，唐末农民起义领袖。代表作有《题菊花》等。

◎等不及，九月入秋，满城菊花。谁人江山？一身黄金铠甲，长安之上，旌旗飞扬，正燃遍天下。

◎卜算子·兰

〔宋〕曹组

松竹翠萝寒，迟日江山暮。
幽径无人独自芳，此恨凭谁诉。
似共梅花语，尚有寻芳侣。
著意闻时不肯香，香在无心处。

◎曹组，北宋词人。其词以“侧艳”和“滑稽下俚”著称，代表作有《蓦山溪梅》等。

◎重峦叠嶂，幽径边的花，纵然怨艾月华，也只能静静等待有人来倾听这深谷中的心事。

◎卜算子·席间再作

【宋】葛立方

袅袅水芝红，脉脉蒹葭浦。
淅淅西风淡淡烟，几点疏疏雨。
草草展杯觞，对此盈盈女。
叶叶红衣当酒船，细细流霞举。

◎葛立方，南宋诗论家、词人，字常之，号懒真子。其词多是写景咏物和赠答之作，著有《归愚集》等。

◎我看着你，撑着一把碧绿的伞，从水中升起，露出一脸绯红，有阵阵清香流淌。后来，那片片花瓣儿离了池水，成了酒馔，藏在盈盈少女的梨涡里，等待一个过客，沉醉花间。

◎卜算子·咏梅

［宋］陆游

驿外断桥边，寂寞开无主。
已是黄昏独自愁，更着风和雨。
无意苦争春，一任群芳妒。
零落成泥碾作尘，只有香如故。

◎陆游，宋代文学家、史学家、爱国诗人，字务观，号放翁。著有《剑南诗稿》《渭南文集》等。

◎路过晨钟暮鼓，有谁曾注意那驿站外断桥边的一角。那梅花在孤寂中绽放，宣告一春的繁花即将登场。不久，那梅花便伴着风雨飘落，只留下清香如故。

◎卜算子·片片蝶衣轻

【宋】刘克庄

片片蝶衣轻，点点猩红小。

道是天公不惜花，百种千般巧。

朝见树头繁，暮见枝头少。

道是天公果惜花，雨洗风吹了。

◎刘克庄，南宋诗人、词人、诗论家，初名灼，字潜夫，号后村，词风豪迈慷慨，著有《后村先生大全集》。

◎花开处处，片片花瓣若蝶翅，泛起点点殷红。奈何朝见繁茂，暮即消瘦。被肆虐的风雨吹打，只剩了枝丫，没了生气。若是天公怜爱，又何必把花开成这般娇弱模样？

◎卜算子·芍药打团红

【宋】洪咨夔

芍药打团红，萱草成窝绿。
帘卷疏风燕子归，依旧卢仝屋。
贫放◎麹（qū）生疏，闲到青奴熟。
扫地焚香伴老仙，人胜连环玉。

◎洪咨夔，南宋诗人，字舜俞，号平斋。著有《春秋说》《西汉诏令揽钞》等。

◎麹：把麦子或白米蒸过，使之发酵后再晒干。

◎红芍团团，绿萱簇簇，帘卷柔风，飞燕归来。这样的景色里，我甘隐简陋茅屋，做个闲人。

◎占春芳·红杏了

［宋］苏轼

红杏了，夭桃尽，独自占春芳。
不比人间兰麝，自然透骨生香。
对酒莫相忘。似佳人、兼合明光。
只忧长笛吹花落，除是宁王。

◎桃杏凋零，月华送来了暮春的又一番花信。这皎洁的月光在树梢上，处处生花。唯恐一阵笛声，惊落那一树花红，徒增春怨。

◎谒金门·花满院

〔宋〕陈克

花满院，飞去飞来双燕。
红雨入帘寒不卷，晓屏山六扇。
翠袖玉笙凄断，脉脉两蛾愁浅。
消息不知郎近远，一春长梦见。

◎陈克，宋代词人，字子高，号赤城居士。

◎在院中，因花落，因双燕，因不见你，而使我不由得双眉紧蹙。还好，在梦里，春回，你亦回。

◎访戴天山道士不遇

〔唐〕李白

犬吠水声中，桃花带露浓。
树深时见鹿，溪午不闻钟。
野竹分青霭，飞泉挂碧峰。
无人知所去，愁倚两三松。

◎李白，唐代浪漫主义诗人，字太白，号青莲居士。其诗多以描写山水和抒发内心情感为主，著有《李太白集》。

◎露浓：一作“雨浓”。

◎那日山上，桃花正盛，我风尘仆仆而来。这一路，林深见鹿，野竹划云，飞泉挂峰。然而，寺中倚松空望，始终未等到归人。

◎诉衷情·海棠珠缀一重重

〔宋〕晏殊

海棠珠缀一重重。清晓近帘栊。

胭脂谁与匀淡，偏向脸边浓。

看叶嫩，惜花红。意无穷。

如花似叶，岁岁年年，共占春风。

◎晏殊，北宋文学家、政治家，字同叔。他以词著于文坛，尤擅小令，风格含蓄婉丽，著有《珠玉词》等。

◎晨曦初露微白，一夜海棠未眠，玲珑娇艳，繁枝拥挤。若你是花，我便是叶，岁岁年年，护你一世芬芳。

◎减字木兰花·卖花担上

【宋】李清照

卖花担上，买得一枝春欲放。
泪染轻匀，犹带彤霞晓露痕。
怕郎猜道，奴面不如花面好。
云鬓斜簪，徒要教郎比并看。

◎买一枝初绽的鲜花，插在云鬓间。花与我，我与花，唯恐你的眼里只有那花。原来当我拥有你时，连醋意都是甜的。

次韵中玉水仙花二首·其一

【宋】黄庭坚

借水开花自一奇，
水沉为骨玉为肌。
暗香已压酴(tú)醾(mí)倒，
只比寒梅无好枝。

◎黄庭坚，北宋文学家、书法家，江西诗派开山之祖，字鲁直，号山谷道人。著有《山谷词》。

◎酴醾：蔷薇科春尽开花，花单生，重瓣，白色或浅黄色。本酒名。以花颜色似之，故取以为名。

◎你在水中开放了花朵，花骨沉香，花肤纯洁。那香气似酴醾，滑过了我的喉咙。

◎南乡子·冬夜

［宋］黄升

万籁寂无声，
衾铁稜稜近五更。
香断灯昏吟未稳，凄清。
只有霜华伴月明。

应是夜寒凝，
恼得梅花睡不成。
我念梅花花念我，关情。
起看清冰满玉瓶。

◎黄升，宋代词人，字叔旸，号玉林。不事科举，性喜吟咏，著有《散花庵词》等。

◎孤寂寒冷夜，霜花伴明月。我一身冰冷，辗转难眠。原来，窗外梅花亦未入眠。我思梅花，梅花念我。起看玉瓶插梅，水已凝成冰。

◎古风·孤兰生幽园

［唐］李白

孤兰生幽园，众草共芜没。
虽照阳春晖，复悲高秋月。
飞霜早淅沥，绿艳恐休歇。
若无清风吹，香气为谁发。

◎是谁让翠叶红花纷纷俯首称臣，是谁让幽园孤兰阵阵生香？原来，都是风的缘故。

◎夜合花

【清】纳兰性德

阶前双夜合，枝叶敷华荣。
疏密共晴雨，卷舒因晦明。
影随筠箔乱，香杂水沉生。
对此能销忿，旋移迎小楹。

◎纳兰性德，清代词人，字容若，号楞伽山人。其词以“真”取胜，清丽婉约。著有《通志堂集》等。

◎我移步前厅，想要靠近你。台阶的尽头是你的居处，晴疏雨密，晨开晚闭，向我吐露着芬芳。幸好有你，是此时仅有的慰藉。

◎信州水亭

【唐】张祜

南檐架短廊，
沙路白茫茫。
尽日不归处，
一庭栀子香。

◎张祜(hù)，唐代诗人，字承吉，有“海内名士”之誉。精于诗赋，代表作有《题金陵渡》《雁门太守行》等。

◎你是何时悄然生长，眼前一片白茫茫景色，满庭院花香袭人，我连呼吸都不由得放轻了。

◎侧犯·咏芍药

［宋］姜夔

恨春易去，甚春却向扬州住。
微雨，正茧栗梢头弄诗句。
红桥二十四，总是行云处。
无语，渐半脱宫衣笑相顾。

金壶细叶，千朵围歌舞。
谁念我、鬓成丝，来此共尊俎。
后日西园，绿阴无数。
寂寞刘郎，自修花谱。

◎姜夔（kuí），南宋文学家、音乐家，字尧章，号白石道人。著有《白石道人诗集》等。

◎芍药膨胀着花蕾，为初夏添了锦。歌舞满城，人人前来观赏。当年少年，今鬓虽白，也不愿负了夏花。

◎阮郎归·初夏

[宋] 苏轼

绿槐高柳咽新蝉，熏风初入弦。
碧纱窗下水沉烟，棋声惊昼眠。
微雨过，小荷翻，榴花开欲燃。
玉盆纤手弄清泉，琼珠碎却圆。

◎微雨过，清风撩，小荷翻面，榴花咬叶，视线里皆是不经意的羞怯。美人轻轻拨弄水面，泛起了一圈圈涟漪，溅起的水珠，在荷的掌心滴溜溜地转，荷的脸，唰地红了。

◎同儿辈赋未开海棠

【金】元好问

枝间新绿一重重，
小蕾深藏数点红。
爱惜芳心莫轻吐，
且教桃李闹春风。

◎元好问，金朝文学家、历史学家，字裕之，号遗山。他的诗作成就很高，其“丧乱诗”尤为有名，著有《中州集》等。

◎春风拂面，百花谈笑风生。唯有你，层层浓绿发满枝，深藏数点红蕊。唯恐显露，乱了芳心。

◎北陂杏花

[宋]王安石

一陂春水绕花身，
花影妖娆各占春。
纵被春风吹作雪，
绝胜南陌碾成尘。

◎王安石，北宋政治家、文学家、改革家，字介甫，号半山。著有《王临川集》等。

◎纵有一池春水护卫，也总有人踏遍光影，来寻觅这春日嫣红。可哪怕北陂再凄凉，哪怕一阵春风吹散了我单薄的身影，我也不想坠入南陌的俗世，被碾成尘土，满身污秽。

◎清明夜

【唐】白居易

好风胧月清明夜，
碧砌红轩刺史家。
独绕回廊行复歇，
遥听弦管暗看花。

◎月色清朗，远方弦乐悠悠，划破夜空。奈何今宵无人伴，唯有独徘徊、暗自看花。

◎清平乐·雨晴烟晚

【五代】冯延巳

雨晴烟晚，绿水新池满。
双燕飞来垂柳院，小阁画帘高卷。
黄昏独倚朱阑，西南新月眉弯。
砌下落花风起，罗衣特地春寒。

◎冯延巳，五代十国时南唐词人，字正中。其词多写闲情逸致，文人气息很浓，著有词集《阳春集》。

◎落日映晚霞，双燕已归，阁楼画帘已收。你何时才会停下远行的脚步。我独倚朱栏，看台阶落花随风舞，空中月牙朦胧现。原来你的离去，让往后无数的黄昏都变得寒冷、忧伤。

◎渔家傲·雪里已知春信至

〔宋〕李清照

雪里已知春信至，寒梅点缀琼枝腻。
香脸半开娇旖旎，当庭际，玉人浴出新洗。
造化可能偏有意，故教明月玲珑地。
共赏金尊沉绿蚁，莫辞醉，此花不与群比。

◎冬与春的交接，有一树的报春红梅，宛若新妆美人。月光华裳，有你的，有我的，有梅的。你看，多美。

◎浣溪沙·漠漠轻寒上小楼

［宋］秦观

漠漠轻寒上小楼，晓阴无赖似穷秋，
淡烟流水画屏幽。
自在飞花轻似梦，无边丝雨细如愁。
宝帘闲挂小银钩。

◎秦观，北宋婉约派词人，字太虚，又字少游，号邗沟居士。所写诗词高古沉重，寄托身世，著有《淮海集》等。

◎登楼凭栏，满目飞舞杨花雪。似梦非梦，遮不住满眼神伤。许是蓄积了太多的想念，落雨成帘，在心中起了阴霾。

◎海棠

【宋】苏轼

东风袅袅泛崇光，
香雾空蒙月转廊。
只恐夜深花睡去，
故烧高烛照红妆。

◎夜深了，我目睹了一场月下的躲藏。月华转向，繁花隐去，只好秉烛欣赏海棠的娇艳。

◎江神子·赋梅寄余叔良

【宋】辛弃疾

暗香横路雪垂垂。晚风吹。晓风吹。
花意争春，先出岁寒枝。
毕竟一年春事了，缘太早，却成迟。

未应全是雪霜姿。欲开时。未开时。
粉面朱唇，一半点胭脂。
醉里谤花花莫恨，浑冷澹，有谁知。

◎辛弃疾，宋代词人，原字坦夫，后改字幼安，号稼轩居士。著有词集《稼轩长短句》。

◎春寒料峭，梅花开得正盛。还好，有雪为伴。寒风吹来，惊落一树雪花，露出你淡雅容颜，可惜无人知。

◎江畔独步寻花七绝句·其五

【唐】杜甫

黄师塔前江水东，
春光懒困倚微风。
桃花一簇开无主，
可爱深红爱浅红。

◎杜甫，唐代现实主义诗人，字子美，号少陵野老。杜甫诗风沉郁顿挫，忧国忧民，代表作有“三吏”“三别”等。

◎春暖花开，倦意被微风吹起。想不起，为谁跋涉了千里，来到这一片幽静之地。直到遇见了这一树深红、浅红满枝丫。

◎酒泉子·买得杏花

［唐］司空图

买得杏花，十载归来方始坼。
假山西畔药阑东，满枝红。
旋开旋落旋成空，
白发多情人更惜。
黄昏把酒祝东风，且从容。

◎司空图，唐代诗人、诗论家，字表圣，号知非子，又号耐辱居士。其成就主要在诗论，著有《二十四诗品》。

◎岁月不怜，你旋开旋落。而今茫茫十载，我已白发苍苍。扯不断的情丝，为你祈祷。唯不忘的是怜惜。

◎江梅

【唐】杜甫

梅蕊腊前破，梅花年后多。
绝知春意好，最奈客愁何。
雪树元同色，江风亦自波。
故园不可见，巫岫郁嵯峨。

◎腊月，此地梅花正开，比起白雪，梅色更白。远望，巫山忙着苍郁，江水羞泛涟漪，但终不见故乡。

◎浣溪沙·荷花

〔宋〕苏轼

四面垂杨十里荷。问云何处最花多。

画楼南畔夕阳和。

天气乍凉人寂寞，光阴须得酒消磨。

且来花里听笙歌。

◎满岸垂柳招摇，十里红荷盛开。奈何，落日余晖消逝，也逃不了万千心事盘根错节。

◎满庭芳·茉莉花

〔宋〕柳永

环佩青衣，盈盈素靥，临风无限清幽。
出尘标格，和月最温柔。
堪爱芳怀淡雅，纵离别，未肯衔愁。
浸沉水，多情化作，杯底暗香流。

凝眸，犹记得，菱花镜里，绿鬓梢头。
胜冰雪聪明，知己谁求？
馥郁诗心长系，听古韵，一曲相酬。
歌声远，余香绕枕，吹梦下扬州。

◎柳永，北宋婉约派代表词人，原名三变，字景庄，后改名永，改字耆卿。他大力创作慢词，对宋词发展产生了深远影响，著有词作《乐章集》

◎你若青衣女子，淡妆素抹迎风笑。知己难求，我多想将你拥有。

◎苏溪亭

〔唐〕戴叔伦

苏溪亭上草漫漫，
谁倚东风十二阑。
燕子不归春事晚，
一汀烟雨杏花寒。

◎戴叔伦，唐代诗人，字幼公（一作次公）。其诗或表现隐逸生活、闲适情调，或反映民生疾苦，代表作有《屯田词》等。

◎烟雨迷蒙，春日仓促，那一树还未灿烂便凋零的杏花，那檐下至今还未回归的飞燕，让人怎不生愁？

◎菊花

〔唐〕元稹

秋丛绕舍似陶家，
遍绕篱边日渐斜。
不是花中偏爱菊，
此花开尽更无花。

◎元稹，唐朝文学家，字微之。与白居易共同倡导新乐府运动，著有《元氏长庆集》。

◎暮色苍茫，秋意绵绵，但看余晖斜照一丛丛绕屋秋菊。并非东篱的菊声名响，皆因此花落尽，一轮四季花俱亡。

◎苏幕遮·燎沉香

【宋】周邦彦

燎沉香，消溽暑。
鸟雀呼晴，侵晓窥檐语。
叶上初阳干宿雨，
水面清圆，一一风荷举。

故乡遥，何日去？
家住吴门，久作长安旅。
五月渔郎相忆否？
小楫轻舟，梦入芙蓉浦。

◎周邦彦，北宋词人，字美成，号清真居士。其作品多写闺情、羁旅，也有咏物之作，著有《片玉集》。

◎湖面上，开满了耀眼的荷花，和煦的阳光在荷露上停了一下。微风吹过，团团荷叶伴舞起。梦落进了一片荷花塘，五月是远方的故乡，我撑着一叶小舟，寻找家的方向。

◎菊

【唐】李商隐

暗暗淡淡紫，融融冶冶黄。
陶令篱边色，罗含宅里香。
几时禁重露，实是怯残阳。
愿泛金鹦鹉，升君白玉堂。

◎李商隐，晚唐诗人，字义山，号玉溪生。其诗构思新奇，风格秾丽，著有《李义山诗集》。

◎暗淡紫，闪烁黄。陶公东篱展色，罗含庭院吐芬。尚不惧，残阳斜照；只唯恐，秋日冷月，洒下无限孤独。

莲花

【唐】温庭筠

绿塘摇滟接星津，
轧（yà）轧兰桡（ráo）入白蘋（pín）。
应为洛神波上袜，
至今莲蕊有香尘。

温庭筠，唐代诗人、词人，原名岐，字飞卿。精通音律，诗词兼工，“花间派”代表人物之一。

轧轧：形声词，摇动船桨时发出的声音。兰桡：对船桨的美称。白蘋：一种浅水中生长的草本植物。

荷塘中那一片碧绿摇曳着裙摆，圈圈涟漪若星河，恍惚似洛神来此。我撑着一舟，轧轧声响，驶入白蘋深处，只为寻那一缕莲香。

◎菩萨蛮·春风试手先梅蕊

[宋] 赵令畤

春风试手先梅蕊，𫖯[一]姿冷艳明沙水。
不受众芳知，端须月与期。
清香闲自远，先向钗头见。
雪后燕瑶池，人间第一枝。

◎赵令畤，初字景贶，后改字德麟，号聊复翁，著有《侯鲭录》等。

◎頫姿：美丽的姿色。頫，面目光泽艳美。

◎你拂面，融化了一地寒意。你盛开，装扮了荒芜原野。寒冬飘雪，关不住你的嫣红，飘落在发梢。一冬孤寂，因你有了浪漫与期待。

◎荷花

【唐】李商隐

都无色可并，不奈此香何。
瑶席乘凉设，金羁落晚过。
回衾灯照绮，渡袜水沾罗。
预想前秋别，离居梦棹歌。

◎夏风拂过，沾我一身荷香。时过黄昏，念及伊人。唯恐云天收了夏色，空留梦中倩影。

◎落花

【唐】李商隐

高阁客竟去，小园花乱飞。
参差连曲陌，迢递送斜晖。
肠断未忍扫，眼穿仍欲归。
芳心向春尽，所得是沾衣。

◎风一点点将春的繁华吹落，一地的落花，我惋惜的神情也倾泻一地。

◎芦花

[唐] 雍裕之

夹岸复连沙，
枝枝摇浪花。
月明浑似雪，
无处认渔家。

◎雍裕之，唐朝诗人，有诗名，工乐府。

◎层层的芦花翻涌了一天的波浪，和着月光，影影绰绰，涂白了一整片河岸。悠然前行的我，在白茫茫中，迷失了方向。

◎茉莉

【宋】江奎

灵种传闻出越裳，
何人提挈上蛮航。
他年我若修花史，
列作人间第一香。

◎江奎，宋代诗人，宋理宗年间进士。

◎不知你来自何方，也不知何人将你捎来。但我知道，你是人们遗忘不了的人间第一香。

◎菊

〔唐〕罗隐

篱落岁云暮，数枝聊自芳。
雪裁纤蕊密，金拆小苞香。
千载白衣酒，一生青女霜。
春丛莫轻薄，彼此有行藏。

◎罗隐，唐代诗人，字昭谏，著有《谗书》《太平两同书》等。

◎四季荣枯皆有时序，莫言秋季凋零，还有纤密白蕊、金蕾流香。

忆杨十二

【唐】元稹

去时芍药才堪赠，
看却残花已度春。
只为情深偏怆别，
等闲相见莫相亲。

你将要离开，我赠之芍药，平分离别的感伤。不要问我秋与春的距离，四季总会如约而至。

◎忆王孙·夏词

[宋] 李重元

风蒲猎猎小池塘。
过雨荷花满院香。
沉李浮瓜冰雪凉。
竹方床。
针线慵拈午梦长。

◎李重元，宋朝词人，工词，代表作有《忆王孙》词四首，分别咏春、夏、秋、冬四季。

◎风过池塘，芦苇窸窸窣窣地响；雨幕收拢，荷花阵阵生香。躺在竹编的凉席上，感受沁人心脾的凉。无心他事，放纵午梦延长。

◎途中见杏花

【唐】吴融

一枝红杏出墙头，墙外行人正独愁。
长得看来犹有恨，可堪逢处更难留。
林空色暝莺先到，春浅香寒蝶未游。
更忆帝乡千万树，澹烟笼日暗神州。

◎吴融，唐代诗人，字子华。

◎红杏：一作“红艳”。

◎一枝淡红的杏花，探出了墙头，窥视着春的痕迹。没有蜂飞蝶舞，周围是持续的暗淡。

◎夏日南亭怀辛大

【唐】孟浩然

山光忽西落，池月渐东上。
散发乘夕凉，开轩卧闲敞。
荷风送香气，竹露滴清响。
欲取鸣琴弹，恨无知音赏。
感此怀故人，中宵劳梦想。

◎孟浩然，唐代诗人，本名浩，字浩然，号孟山人，山水田园派诗人，有《孟浩然集》传世。

◎夕阳西下，明月东上。清风徐徐，阵阵荷花幽香。抚琴轻弹无人赏，唯有夜半空梦寄念想。

◎夏花明

［唐］韦应物

夏条绿已密，朱萼缀明鲜。
炎炎日正午，灼灼火俱燃。
翻风适自乱，照水复成妍。
归视窗间字，荧煌满眼前。

◎韦应物，唐代诗人，字义博。他的诗风恬淡高远，以善于写景和描写隐逸生活著称，著有《韦江州集》等。

◎夏日绿意正浓，正午艳阳高照，花朵灼灼，似火燃烧。一阵风吹来，花叶翻卷凌乱，晃得我眼前一片明亮，分不清是花是叶。

◎闻梨花发赠刘师命

［唐］韩愈

桃溪惆怅不能过，
红艳纷纷落地多。
闻道郭西千树雪，
欲将君去醉如何。

◎韩愈，唐代文学家、思想家、哲学家，字退之。古文运动的倡导者，被尊为“唐宋八大家”之首，著有《韩昌黎集》等。

◎风一起，桃花轻飘飘落回了大地；风一拂，梨花静悄悄等来了时令。错过了桃花朵朵，我想和你，重新聆听那千树万树的雪白花语。

摊破浣溪沙·手卷真珠上玉钩

【五代】李璟

手卷真珠上玉钩，
依前春恨锁重楼。
风里落花谁是主？
思悠悠。

青鸟不传云外信，
丁香空结雨中愁。
回首绿波三楚暮，
接天流。

◎李璟，字伯玉，他的词感情真挚，风格清新，语言不事雕琢，其作品被录入《南唐二主词》中。

◎《摊破浣溪沙》：一作《山花子》。

◎风吹来了谁的呼唤，花松开了枝叶。雨从丁香花瓣中滑落，在心上凝结了一汪冰凉。想寄的信，纵使送了千里，也有达不到的远方。这一夜，又是多少愁绪。

◎摊破浣溪沙·菡萏香销翠叶残

【五代】李璟

菡萏香销翠叶残，西风愁起绿波间。
还与容光共憔悴，不堪看。
细雨梦回鸡塞远，小楼吹彻玉笙寒。
多少泪珠何限恨，倚阑干。

◎你走了，留下我与无尽的孤寂。我把所有情怨都藏在了夏荷里，在秋天，从断梗残叶里倾泻，一点点直抵内心。

◎探春

【宋】黄庶

雪里犹能醉落梅，
好营杯具待春来。
东风便试新刀尺，
万叶千花一手裁。

◎黄庶，宋代诗人，字亚夫（一作亚父），晚号青社。工诗，著有《伐檀集》。

◎东风藏了一副刀尺，给荒芜的大地剪裁了彩色的新衣裳。

◎折荷有赠

[唐]李白

涉江玩秋水，爱此红蕖鲜。
攀荷弄其珠，荡漾不成圆。
佳人彩云里，欲赠隔远天。
相思无因见，怅望凉风前。

◎谁将你藏在彩云里，我手捧一朵荷花，等待风将我吹近你。

◎绝句

［宋］志南

古木阴中系短篷，
杖藜扶我过桥东。
沾衣欲湿杏花雨，
吹面不寒杨柳风。

◎志南，南宋诗僧，志南是他的法号，生平不详。

◎《绝句》：一作《舟次》。

◎灼灼红杏，婷婷绿柳，我拄杖前行，衣襟落满了杏花微雨。好一场催春的雨啊，一路跋涉竟有淋漓的惬意。

◎红牡丹

【唐】王维

绿艳闲且静，
红衣浅复深。
花心愁欲断，
春色岂知心。

◎王维，唐朝诗人、画家，字摩诘，精通诗、书、画、音乐等，尤长五言诗，多咏山水田园。著有《王右丞集》等。

◎春易逝，红衰翠减，一身凋零，无限愁思漫卷。

◎如梦令·昨夜雨疏风骤

【宋】李清照

昨夜雨疏风骤，浓睡不消残酒。
试问卷帘人，却道海棠依旧。
知否，知否？应是绿肥红瘦。

◎夜让一切变得颓靡，风吹恐花落，雨淋怕花残。虽言海棠依旧，然而深红跌落，墨绿繁茂。可曾知否，往昔岁华已难回首。

◎如梦令·道是梨花不是

【宋】严蕊

道是梨花不是，道是杏花不是。
白白与红红，别是东风情味。
曾记，曾记，人在武陵微醉。

◎严蕊，宋代女词人，原姓周，字幼芳。其诗词语意清新，但多佚，仅存《如梦令》《鹊桥仙》《卜算子》三首。

◎非梨非杏，白白红红，微露一脸娇羞。道不尽，东风里多少怜爱。才记起，当年武陵渔人微醉桃花源。

◎好事近·花底一声莺

【宋】刘翰

花底一声莺，花上半钩斜月。
月落乌啼何处，点飞英如雪。
东风吹尽去年愁，解放丁香结。
惊动小亭红雨，舞双双金蝶。

◎刘翰，南宋诗人，字武子（一作武之）。著有《小山集》。

◎弯月当空，夜莺鸣唱。夜已深，只有晚风拂面，花儿朵朵若雪落。东风里，吹散了一季寒霜，也吹尽了去年哀伤，而今一树丁香静静开。

◎饮酒·幽兰生前庭

【晋】陶渊明

幽兰生前庭，含薰待清风。

清风脱然至，见别萧艾中。

行行失故路，任道或能通。

觉悟当念还，鸟尽废良弓！

◎陶渊明，东晋诗人、辞赋家，名潜，字渊明，又字元亮，号“五柳先生”。田园诗人，著有《陶渊明集》。

◎清风在杂草间做着清点，将兰花与其他花一一区分。原来兰花的盛开，是风寄予了厚望。

◎山园小梅

[宋] 林逋

众芳摇落独暄妍，占尽风情向小园。
疏影横斜水清浅，暗香浮动月黄昏。
霜禽欲下先偷眼，粉蝶如知合断魂。
幸有微吟可相狎，不须檀板共金樽。

◎林逋，北宋诗人，字君复。因喜植梅养鹤，人称“梅妻鹤子”。

◎黄昏未深，夜色尚浅。月光不经意地路过，清浅的水中填满了梅影。暗香浮动，惹得寒雀飞落，偷看；蝴蝶贪恋，失魂。

◎山亭夏日

[唐] 高骈

绿树阴浓夏日长，
楼台倒影入池塘。
水精帘动微风起，
满架蔷薇一院香。

◎高骈（pián），唐后期名将、诗人，字千里，代表作有《送春》《山亭夏日》等。

◎微风起舞，有一种美丽缓慢抵达，盛放在庭院里。满架蔷薇，迎风仰起的面庞，我还未贴近，便源源不断地散发着夏香。

幽兰操

【唐】韩愈

孔子伤不逢时作。

兰之猗猗，扬扬其香。
不采而佩，于兰何伤。
今天之旋，其曷为然。
我行四方，以日以年。

雪霜贸贸，荠麦之茂。
子如不伤，我不尔觏gòu。
荠麦之茂，荠麦之有。
君子之伤，君子之守。

◎《幽兰操》：一作《猗兰操》。

◎君当如兰，在寒冬中积蓄盛开的力量。纵使一脸雪霜，也不卑不亢，静待春的到来。

◎咏桂

【唐】李白

世人种桃李，皆在金张门。
攀折争捷径，及此春风暄。
一朝天霜下，荣耀难久存。
安知南山桂，绿叶垂芳根。
清阴亦可托，何惜树君园。

◎我在南山繁茂的桂花树下，独自感叹。世人皆钟爱一开即落的桃花、李花，殊不知，纵使繁花落尽，少年不再，桂花仍飘香。

◎咏菊

【唐】白居易

一夜新霜著瓦轻，
芭蕉新折败荷倾。
耐寒唯有东篱菊，
金粟初开晓更清。

◎一夜新霜，瓦片泛着寒光，折了芭蕉，残了荷。原以为凋零之季已来，未料却深藏了东篱菊花。

◎咏同心芙蓉

〔隋〕杜公瞻

灼灼荷花瑞，亭亭出水中。
一茎孤引绿，双影共分红。
色夺歌人脸，香乱舞衣风。
名莲自可念，况复两心同。

◎杜公瞻，隋代文学家，生卒年不详。曾编撰《编珠》，今存诗一首。

◎单茎撑绿，谁承想竟生出了一株双生花，紧紧相拥，淡淡开在水中央，浅红、飘香。

◎咏槿

【唐】李白

园花笑芳年，池草艳春色。
犹不如槿花，婵娟玉阶侧。
芬荣何夭促，零落在瞬息。
岂若琼树枝，终岁长翕赩。

◎朝开暮落是你的伪装，不羁于春，向四季的天空，绽放出所有的美丽。我看到的你，始终如此灿烂。

◎咏牡丹

【宋】王溥

枣花至小能成实，
桑叶虽柔解吐丝。
堪笑牡丹如斗大，
不成一事又空枝。

◎王溥，宋代史学家，字齐物，编撰《唐会要》等史籍。

◎盛开的牡丹只负责美丽，花谢了，便融入大地的怀抱。死亡亦是永生，等下一个花季。

◎叹花

〔唐〕杜牧

自是寻春去校迟，
不须惆怅怨芳时。
狂风落尽深红色，
绿叶成阴子满枝。

◎杜牧，唐代诗人、散文家，字牧之，号樊川居士。其诗歌以七言绝句著称，以咏史抒怀为主，著有《樊川文集》。

◎越看群花秀色，越遗憾春色将晚。而今绿叶成荫，新果满枝，春去也。

◎咏桂

【宋】杨万里

不是人间种，
移从月中来。
广寒香一点，
吹得满山开。

◎杨万里，南宋文学家、政治家，字廷秀，号诚斋。其诗多描写自然景物，语言清新自然且富有幽默情趣，著有《诚斋集》等。

◎你是天宫的月桂，悄悄下了凡尘，温柔而热烈，想要开满整个尘世。看，满山遍野的花都被你的香气熏醒了。

◎咏岩桂二首·其一

［宋］朱熹

亭亭岩下桂，岁晚独芬芳。
叶密千层绿，花开万点黄。
天香生净想，云影护仙妆。
谁识王孙意，空吟招隐章。

◎朱熹，宋朝理学家，字元晦，号晦庵。他的理学思想对元、明、清三朝影响很大，著有《四书章句集注》等。

◎层层叠叠，满树茂密枝叶；影影绰绰，盛开桂花微黄。幽幽逸香，连重重山岩也遮不住。

◎叹庭前甘菊花

[唐] 杜甫

檐前甘菊移时晚，青蕊重阳不堪摘。
明日萧条醉尽醒，残花烂熳开何益。
篱边野外多众芳，采撷细琐升中堂。
念兹空长大枝叶，结根失所缠风霜。

◎他乡甘菊已泛黄，唯你空长繁枝，忘却了原来生长的地方。

◎咏百合诗

【南北朝】萧察

接叶有多种，开花无异色。
含露或低垂，从风时偃抑。
甘菊愧仙方，丛兰谢芳馥。

◎萧察，又作萧詧，字理孙，南北朝时期的西梁开国皇帝。

◎不管什么样的风路过，你总会礼貌低头。

◎四时田园杂兴六十首·其二十五

〔宋〕范成大

梅子金黄杏子肥，
麦花雪白菜花稀。
日长篱落无人过，
惟有蜻蜓蛱蝶飞。

◎范成大，南宋文学家，字至能，早年自号此山居士，晚年又号石湖居士。其诗题材广泛，以反映农村社会生活的作品成就最高，著有《石湖集》等。

◎这一树黄梅，那一树肥杏；这一片雪白荞麦花，那一片稀疏油菜花。初夏农忙，何人肯来问津？且将这满园夏色，交由蜻蜓、蝴蝶去打理吧。

◎国风·周南·桃夭

《诗经》

桃之夭夭，灼灼其华。
之子于归，宜其室家。
桃之夭夭，有蕡其实。
之子于归，宜其家室。
桃之夭夭，其叶蓁蓁。
之子于归，宜其家人。

◎《诗经》，中国最早的一部诗歌总集，收录西周初年至春秋中叶共三百一十一篇诗歌。

◎夭夭桃树下，有位姑娘，走走停停，遇见少年郎。笑靥如桃花，绣裙随风扬。有位少年，心已怦然。从此山盟，灼灼桃花，只要你。

◎宿新市徐公店二首·其一

【宋】杨万里

篱落疏疏一径深，
树头花落未成阴。
儿童急走追黄蝶，
飞入菜花无处寻。

◎沿着稀疏的篱笆走去，一路树上的花已经零落。此刻，孩童跑着捕捉蝴蝶。一只黄蝶飞向那黄色的菜花地里，转瞬间不见了踪影。

◎定风波·两两轻红半晕腮

【宋】苏轼

十月九日，孟亨之置酒秋香亭。有双拒霜独向君猷而开，坐客喜笑，以为非使君莫可当此花，故作是篇。

两两轻红半晕腮，

依依独为使君回。

若道使君无此意，

何为，双花不向别人开？

但看低昂烟雨里，不已，
劝君休诉十分杯。
更问尊前狂副使，
来岁，花开时节与谁来？

◎十月的芙蓉是美人羞红的脸庞。你的无意抬眸，不小心落在了她的心上。那烟雨中的舞动便是见你时的雀跃心情。

◎宣城见杜鹃花

【唐】李白

蜀国曾闻子规鸟，
宣城还见杜鹃花。
一叫一回肠一断，
三春三月忆三巴。

◎故乡在回忆中躲藏，一声杜鹃啼叫，使我想起故乡。这时的故乡满城杜鹃盛开，我禁不住思念绵绵。

◎客中初夏

[宋] 司马光

四月清和雨乍晴，
南山当户转分明。
更无柳絮因风起，
惟有葵花向日倾。

◎司马光，北宋政治家、史学家、文学家，字君实，号迂叟。他主持编纂了中国历史上第一部编年体通史《资治通鉴》。

◎雨后的四月，湿透了的南山更显青绿，飘扬的柳絮不再乱飞。然，唯有你，从朝到暮，从雨到晴，始终昂首屹立，追寻着天边高悬的太阳，从不主动放弃。

◎大林寺桃花

［唐］白居易

人间四月芳菲尽，
山寺桃花始盛开。
长恨春归无觅处，
不知转入此中来。

◎四月，初夏，还有春的气息逗留在山寺的周遭。这偶然的邂逅，连我自己都惊喜不已。

多丽·咏白菊

〔宋〕李清照

小楼寒，夜长帘幕低垂。恨萧萧、无情风雨，夜来揉损琼肌。也不似、贵妃醉脸，也不似、孙寿愁眉。韩令偷香，徐娘傅粉，莫将比拟未新奇。细看取，屈平陶令，风韵正相宜。微风起，清芬蕴藉，不减酴醾。

渐秋阑、雪清玉瘦，向人无限依依。
似愁凝、汉皋解佩，似泪洒、纨扇题诗。
朗月清风，浓烟暗雨，天教憔悴度芳姿。
纵爱惜，不知从此，留得几多时。
人情好，何须更忆，泽畔东篱。

◎琼：一作“瑶”。

◎何须月色华裳，何须浓妆艳香。风起芬芳，连荼蘼也稍逊风骚。奈何，今秋将尽。雪清玉瘦，望白菊耗尽繁华。难相忘。怎相留。

◎少年游·重阳过后

[宋] 晏殊

重阳过后，西风渐紧，庭树叶纷纷。
朱阑向晓，芙蓉妖艳，特地斗芳新。
霜前月下，斜红淡蕊，明媚欲回春。
莫将琼萼等闲分。留赠意中人。

◎徘徊在秋日清晨，庭院内落叶纷飞，红栏外芙蓉朵朵，默默开着灿烂的花。本该霜色渐浓的季节，因你有了一丝明媚与蓬勃。

◎梅花落

【南北朝】鲍照

中庭多杂树，偏为梅咨嗟。问君何独然？
念其霜中能作花，露中能作实，
摇荡春风媚春日。
念尔零落逐寒风，徒有霜华无霜质。

◎鲍照，南北朝时期的文学家，字明远，与颜延之、谢灵运合称“元嘉三大家”。

◎大地正起风霜，只有你燃起温暖，让冬日不再苦寒。

◎相见欢·林花谢了春红

【五代】李煜

林花谢了春红，太匆匆。
无奈朝来寒雨晚来风。
胭脂泪，留人醉，几时重？
自是人生长恨水长东！

◎李煜，五代十国时南唐末代国君，字重光，号钟隐。其词的成就最高，代表作有《虞美人》《破阵子》等。

◎春光匆匆，和着凄风寒雨，满目姹紫嫣红跌落灰褐泥土之上，不断地落，不断地落。而今挥别，他日能否再会。无奈人生令人怨恨的事太多了，就像那东逝的水，没有尽头。

◎桃花

［唐］元稹

桃花浅深处，
似匀深浅妆。
春风助肠断，
吹落白衣裳。

◎桃花开了，像羞怯的女孩，面颊透着粉红。可惜春风吹落了美丽的花瓣，落在我的白衣之上。

樱桃花

【唐】元稹

樱桃花，
一枝两枝千万朵。
花砖曾立摘花人，
窣破罗裙红似火。

我的眼前，枝上有盛开的樱桃花，绚丽烂漫。花下美人一袭罗裙似火焰，折了花，也摄了我的魂魄。

◎村行

〔宋〕王禹偁

马穿山径菊初黄，信马悠悠野兴长。
万壑有声含晚籁，数峰无语立斜阳。
棠梨叶落胭脂色，荞麦花开白雪香。
何事吟余忽惆怅，村桥原树似吾乡。

◎王禹偁，北宋诗人、散文家，字元之。其诗多反映社会现实，风格清新平易，著有《小畜集》。

◎深秋日暮，起风了，远方数峰矗立，近处一路棠梨红叶，荞麦也开了花，好像看到记忆中的故乡。

◎栀子花诗

[明] 沈周

雪魄冰花凉气清，
曲栏深处艳精神。
一钩新月风牵影，
暗送娇香入画庭。

◎沈周，明代绘画大师，字启南，号石田，吴门画派的创始人，“明四家”之一，著有《石田集》《客座新闻》等。

◎月色温柔，晚风轻挽着你，在我的画室外徘徊，不知是进来，还是不进来，惹了一庭栀子香。

◎栀子花

［宋］杨万里

树恰人来短，花将雪样看。
孤姿妍外净，幽馥暑中寒。
有朵篸zān瓶子，无风忽鼻端。
如何山谷老，只为赋山矾。

◎炎热的夏，这一树栀子花似雪，一股凉意拥抱着我。

◎林塘怀友

【唐】王勃

芳屏画春草，
仙杼织朝霞。
何如山水路，
对面即飞花。

◎王勃，唐代文学家，字子安，擅长五律和五绝，著有《王子安集》等。

◎风扶着花，轻拂着我，又缠绕而去。

◎杜鹃花词

〔唐〕施肩吾

杜鹃花时夭艳然，
所恨帝城人不识。
丁宁莫遣春风吹，
留与佳人比颜色。

◎施肩吾，唐代诗人、道学家，字东斋，号栖真子。著有《西山集》等。

◎管不了命运的无情，我只能再三叮嘱，请春风庇护你盛开的红颜。

◎桃花

〔唐〕周朴

桃花春色暖先开，
明媚谁人不看来。
可惜狂风吹落后，
殷红片片点莓苔。

◎周朴，唐代诗人，字见素。其生性好吟诗，尤其好苦涩诗风，代表作有《题甘露寺》。

◎初春还有锋芒，那不温柔的手拉扯着一树的粉红。

◎柳梢青·吴中

［宋］仲殊

岸草平沙。吴王故苑，柳袅烟斜。
雨后寒轻，风前香软，春在梨花。
行人一棹天涯。酒醒处，残阳乱鸦。
门外秋千，墙头红粉，深院谁家？

◎仲殊，北宋僧人、词人，字师利。著有词集《宝月集》，已失传。

◎天空下了一场催春的雨，连空气都微微发甜。只有梨花不在意，因为它与春同生。

◎采莲曲

[唐] 白居易

菱叶萦（yíng）波荷飐（zhǎn）风，
荷花深处小船通。
逢郎欲语低头笑，
碧玉搔头落水中。

◎萦：萦回，旋转，缭绕。飐：摇曳。

◎荷已婷婷，当你从层层深绿中出现，我投之的羞怯微笑，多希望你能懂得。

◎采桑子·而今才道当时错

〔清〕纳兰性德

而今才道当时错，心绪凄迷。
红泪偷垂，满眼春风百事非。
情知此后来无计，强说欢期。
一别如斯，落尽梨花月又西。

◎你一走，把我永远留在了那年的春日。偏偏此时，一树梨花落尽，月悬西天。无奈，我这条寂寞的路，又被延长了。

◎采桑子·荷花开后西湖好

〔宋〕欧阳修

荷花开后西湖好，载酒来时。

不用旌旗，前后红幢绿盖随。

画船撑入花深处，香泛金卮。

烟雨微微，一片笙歌醉里归。

◎欧阳修，北宋政治家、文学家，字永叔，号醉翁，是北宋诗文革新运动的代表人物，著有《欧阳文忠公集》。

◎一条画船在荷塘里游荡。是谁，撩起了红幔，撑起了绿盖，等在那水中央。月色荷香，恰逢烟雨朦胧。在一片笙歌中，画船满载清梦，慢慢荡回。

◎采桑子·桃花羞作无情死

［清］纳兰性德

桃花羞作无情死，感激东风。
吹落娇红，飞入窗间伴懊侬。
谁怜辛苦东阳瘦，也为春慵。
不及芙蓉，一片幽情冷处浓。

◎从娇红到坠落，你不声不响，闯入了我的窗棂，陪我共度残留的春光。虽然哀伤太多，但你的幽香在我孤寂的心中愈显浓重。

◎月季

【宋】苏轼

花落花开无间断，春来春去不相关。
牡丹最贵唯春晚，芍药虽繁只夏初。
唯有此花开不厌，一年长占四时春。

◎四季轮回，在春夏秋冬，我都遇见了你。

◎腊前月季

［宋］杨万里

只道花无十日红，此花无日不春风。
一尖已剥胭脂笔，四破犹包翡翠茸。
别有香超桃李外，更同梅斗雪霜中。
折来喜作新年看，忘却今晨是季冬。

◎是谁撩起了你的春心，翡翠般的细茸上泛起了腼腆的红晕。我不由自主地靠近，以为已近春华，原来隆冬未走。

◎春日五首·其一

【宋】秦观

一夕轻雷落万丝，
霁光浮瓦碧参差。
有情芍药含春泪，
无力蔷薇卧晓枝。

◎春雷响过，落下淅沥春雨。芍药含泪欲滴，脉脉含情；蔷薇静卧低垂，娇艳妩媚。雨把一冬的阴郁清洗干净，大地迎来了明媚的春天。

◎春怨

【唐】刘方平

纱窗日落渐黄昏，
金屋无人见泪痕。
寂寞空庭春欲晚，
梨花满地不开门。

◎刘方平，唐代诗人，字、号均不详。其诗多是咏物写景之作，尤擅绝句，代表作有《月夜》《春怨》等。

◎黄昏自看，一墙之隔，空庭深锁，独守一场旧梦。满腹相思难言传。梨花落尽无人怜。这一世红尘，终将消陨。

◎春风

【唐】白居易

春风先发苑中梅，
樱杏桃梨次第开。
荠花榆荚深村里，
亦道春风为我来。

◎三月春风吹过城苑，早梅、樱杏、桃梨依次盛开，似潮翻涌，处处是热烈。三月春风拂过乡野，满地荠花榆荚欢呼雀跃，处处是热闹。

◎春日二首·其二

〔宋〕晁冲之

阴阴溪曲绿交加，
小雨翻萍上浅沙。
鹅鸭不知春去尽，
争随流水趁桃花。

◎晁冲之，宋代江西派诗人，字叔用，自号具茨。其诗笔力雅健，风格高古，著有《晁具茨先生诗集》等。

◎纵使落花有情，时光的河流也难以停歇。不管我如何不愿、不舍，这已是春的终点。

◎春寒

[宋]陈与义

二月巴陵日日风，
春寒未了怯园公。
海棠不惜胭脂色，
独立蒙蒙细雨中。

◎你那含情的红泪是在为谁而流？原是二月的风寒遮蔽了春的身影。

◎春庄

〔唐〕王勃

山中兰叶径，
城外李桃园。
岂知人事静，
不觉鸟声喧。

◎这是一条幽静之路，没有世俗喧嚣，没有山鸟啼叫，路边长满了兰叶，路尽头是种满桃李的园子。

◎昭君怨·牡丹

［宋］刘克庄

曾看洛阳旧谱，只许姚黄独步。
若比广陵花，太亏他。
旧日王侯园圃，今日荆榛狐兔。
君莫说中州，怕花愁。

◎我见过你昔日的风华，百花失色，你独领风骚。王侯园圃内，众人争相观赏你。而今江山荒凉，荆棘丛生，连你也无限悲伤。

◎昭君怨·咏荷上雨

【宋】杨万里

午梦扁舟花底，香满西湖烟水。
急雨打篷声，梦初惊。
却是池荷跳雨，散了真珠还聚。
聚作水银窝，泻清波。

◎梦游西湖荷塘，水光浮动，看荷花婷婷泛红，烟水茫茫织绿。正逢雨季，惊起午后深梦，众荷喧哗，捧了一叶沉甸甸的露珠，晶莹剔透。

◎早梅

【唐】柳宗元

早梅发高树，迥映楚天碧。
朔吹飘夜香，繁霜滋晓白。
欲为万里赠，杳杳山水隔。
寒英坐销落，何用慰远客。

◎柳宗元，唐代文学家、哲学家，字子厚。著有《河东先生集》。

◎一夜北风，看雪花红梅散落眼前，我的心被刺痛。这似盛开的花一样热烈的心情，我该怎样让你知？

◎赠荷花

〔唐〕李商隐

世间花叶不相伦，花入金盆叶作尘。
惟有绿荷红菡萏，卷舒开合任天真。
此花此叶常相映，翠减红衰愁杀人。

◎荷花娇美，有开有合。荷叶田田，有卷有舒。而今，一池枯荷，留不住的叶，留不住的花，我无限悲伤。

◎赠刘景文

〔宋〕苏轼

荷尽已无擎雨盖，
菊残犹有傲霜枝。
一年好景君须记，
最是橙黄橘绿时。

枯荷寥落，叶残枝折，不复夏日荷叶田田；残菊坚挺，枝无全叶，斗风傲霜尚存余香。莫叹青春易逝，这是万物与岁月的默契，正孕育新的繁盛。

◎赏牡丹

〔唐〕刘禹锡

庭前芍药妖无格，
池上芙蕖净少情。
唯有牡丹真国色，
花开时节动京城。

◎刘禹锡，唐代文学家、哲学家，字梦得。著有《刘梦得文集》《刘宾客集》。

◎庭前芍药妩媚多姿，湖心荷花生动不已，然而都不是我心中的最美。唯有牡丹盛开的姿态，惊艳了众生。

◎点绛唇·素香丁香

〔宋〕王十朋

落木萧萧，琉璃叶下琼葩吐。
素香柔树。雅称幽人趣。
无意争先，梅蕊休相妒。
含春雨。结愁千绪。似忆江南主。

◎王十朋，南宋政治家、诗人，字龟龄，号梅溪。其诗多是爱民忧民、寓含教育之作，著有《梅溪集》等。

◎春息尚弱，新叶难栖，冷风萧萧，唯有丁香吐蕊。柔树沁香，宛若幽隐美人。无意争春，隔着一季霏霏细雨，她在北方想念江南。

◎牡丹

〔唐〕徐凝

何人不爱牡丹花，
占断城中好物华。
疑是洛川神女作，
千娇万态破朝霞。

◎徐凝，唐代诗人。其诗朴实无华，意境高远，笔墨流畅自然，代表作《奉酬元相公上元》等。

◎此刻，一春的花信即将过去，唯牡丹正艳，浓缩了春的最后绚烂，一片美丽异常。百媚千娇，似是洛神起舞；千姿百态，犹如朝霞飞腾。

◎长相思·一重山

［五代］李煜

一重山，两重山，
山远天高烟水寒。相思枫叶丹。
菊花开，菊花残，
塞雁高飞人未还。一帘风月闲。

◎晚秋枫叶愁，跌落一地的深红。花开花残，时光有序。谁能为我驱散这一身的秋意。雁南飞，风月不解心中念。想念的人啊，你始终未归。

◎水仙花

【清】龚迟

娉婷玉立碧水间，
倩影相顾堪自怜。
只因无意缘尘土，
春衫单薄不胜寒。

◎龚迟，清代诗人，生卒年不详。

◎那碧水中有你的倩影，身着薄衫，正经历着最后的料峭。

◎和裴迪登蜀州东亭送客逢早梅相忆见寄

〔唐〕杜甫

东阁官梅动诗兴，还如何逊在扬州。
此时对雪遥相忆，送客逢春◎可◎自由。
幸不折来伤岁暮，若为看去乱乡愁。
江边一树垂垂发，朝夕催人自白头。

◎春：一作“花”。可：一作“更”。

◎踏雪逢梅，如见故人，本该欣喜，奈何四处漂泊，遗憾故颜改。

◎和令狐相公咏栀子花

〔唐〕刘禹锡

蜀国花已尽，越桃今已开。
色疑琼树倚，香似玉京来。
且赏同心处，那忧别叶催。
佳人如拟咏，何必待寒梅。

◎她在繁花落尽时绽放，像仙界琼花，无一点红尘俗气。一切天上人间的美，在她的容颜上停留。我从美丽的花旁走过，香气沁人心脾。在这一处花丛中，不禁想，世间草木何须花信催紧？

◎秋凉晚步

【宋】杨万里

秋气堪悲未必然，
轻寒政是可人天。
绿池落尽红蕖却，
荷叶犹开最小钱。

◎政：同“正”。

◎一池荷花的热情渐渐冷却，只留下了些许新生的小荷叶。原来秋天刚露风声时，并不那么寒冷。

◎眼儿媚·杨柳丝丝弄轻柔

【宋】王雱

杨柳丝丝弄轻柔。烟缕织成愁。

海棠未雨，梨花先雪，一半春休。

而今往事难重省，归梦绕层楼。

相思只在，丁香枝上，豆蔻梢头。

◎王雱，北宋文学家，王安石之子，字元泽。擅长作书论事，著有《论语解》等。

◎海棠朵朵，尚未像雨般坠落；梨花纷纷，已经无声雪落。春似已过半。往事难重忆。而今无数相思又在丁香枝上、豆蔻梢头，堆积。

玉楼春·春景

[宋] 宋祁

东城渐觉风光好。縠皱波纹迎客棹。
绿杨烟外晓寒轻，红杏枝头春意闹。
浮生长恨欢娱少。肯爱千金轻一笑。
为君持酒劝斜阳，且向花间留晚照。

宋祁，宋代文学家、史学家，字子京。诗词语言工丽，代表作有《玉楼春·春景》等。

临湖而立，有绿柳轻摇、粉杏妖娆。然春日易逝，斜阳西下。我该怎样才能延续这美好的时光，延长春的浪漫？

◎玉树后庭花

【南北朝】陈叔宝

丽宇芳林对高阁，新妆艳质本倾城。
映户凝娇乍不进，出帷含态笑相迎。
妖姬脸似花含露，玉树流光照后庭。

◎陈叔宝，南北朝时期的南陈末代皇帝，字元秀。在位期间，荒废朝政，耽于酒色，醉心诗文和音乐，代表作有《玉树后庭花》。

◎美人若花，花开时，各种美好一齐迸发；花败后，一切又黯然神伤。

◎玉楼春·去时梅萼初凝粉

［宋］欧阳修

去时梅萼初凝粉。不觉小桃风力损。
梨花最晚又凋零，何事归期无定准。
阑干倚遍重来凭。泪粉偷将红袖印。
蜘蛛喜鹊误人多，似此无凭安足信。

◎你离开时，梅花尚在凝粉。我等桃李落尽，等春醒，等春去，可始终等不来你的归期。

◎立冬前一日霜对菊有感

［宋］钱时

昨夜清霜冷絮裯，
纷纷红叶满阶头。
园林尽扫西风去，
惟有黄花不负秋。

◎钱时，宋代诗人，字子是，号融堂。著有《学诗管见》等。

◎天降清霜，门前跌落了一地枯红。阵阵秋风，唯有一园菊黄，不负秋日深情。

◎白梅

［元］王冕

冰雪林中着此身，
不与桃李混芳尘。
忽然一夜清香发，
散作乾坤万里春。

◎王冕，元代画家、诗人，字元章，号煮石山农。其诗多为同情贫苦百姓，谴责权贵，描写田园隐逸生活之作，著有《竹斋集》。

◎你不惧严寒，不与桃李同期，在冰雪中静静绽放，为荒芜大地带来了生机。

鸟鸣涧

【唐】王维

人闲桂花落，

夜静春山空。

月出惊山鸟，

时鸣春涧中。

◎选自《皇甫岳云溪杂题五首》，这是第一首。

◎月落山林，惊起栖鸟飞舞，一阵鸣啼。夜间山谷，一片寂静，木樨花幽幽飘落。

鹊踏枝·梅落繁枝千万片

〔五代〕冯延巳

梅落繁枝千万片，
犹自多情，学雪随风转。
昨夜笙歌容易散，
酒醒添得愁无限。

楼上春山寒四面，
过尽征鸿，暮景烟深浅。
一晌凭栏人不见，
鲛(jiāo)绡(xiāo)掩泪思量遍。

◎鲛绡：传说是南海鲛人所织之绡，这里指精美的手帕。

◎一树繁茂梅花，或急或缓，随风旋转。这纷纷而落的，是盛极一时的风华，亦是我的满心愁绪。昨夜笙歌，梦回往昔。奈何终将酒醒，凭栏半晌，无人。罗帕掩泪，又把他思了一遍。

◎鹧鸪天·暗淡轻黄体性柔

【宋】李清照

暗淡轻黄体性柔，情疏迹远只香留。
何须浅碧轻红色，自是花中第一流。
梅定妒，菊应羞，画阑开处冠中秋。
骚人可煞无情思，何事当年不见收。

◎未见花时，满树茂密叶；但闻花开，绿叶丛里觅纤花。一簇淡黄花枝，陪着你，融于你，风动逸香闻秋声。

◎钱塘湖春行

【唐】白居易

孤山寺北贾亭西，水面初平云脚低。

几处早莺争暖树，谁家新燕啄春泥？

乱花渐欲迷人眼，浅草才能没马蹄。

最爱湖东行不足，绿杨阴里白沙堤。

◎湖载白云，草长莺飞，路上野花竞相开放。信步间，更美的春，都在西湖白沙堤边。

◎盐角儿·亳社观梅

〔宋〕晁补之

开时似雪。谢时似雪。花中奇绝。
香非在蕊，香非在萼，骨中香彻。
占溪风，留溪月。堪羞损、山桃如血。
直饶更、疏疏淡淡，终有一般情别。

◎晁补之，北宋文学家，字无咎，号归来子。其词格调豪爽，语言清秀晓畅，有浓厚的归隐思想，著有《鸡肋集》等。

◎不管是花开，抑或是花落，只有你是春日的雪。而目睹了这一切的月，也因此多了一份淡淡清香。

◎窗前作小土山蓺兰及玉簪最后得香百合并种之戏作

〔宋〕陆游

方兰移取遍中林，
余地何妨种玉簪。
更乞两丛香百合，
老翁七十尚童心。

◎种得花多了，连欢笑都多了。

◎蜀葵花歌

〔唐〕岑参

昨日一花开，今日一花开。
今日花正好，昨日花已老。
始知人老不如花，可惜落花君莫扫。
人生不得长少年，莫惜床头沽酒钱。
请君有钱向酒家，君不见，蜀葵花。

◎岑参，唐代诗人。其诗气势磅礴，想象丰富，富有浪漫主义色彩，尤以边塞诗最为出色。

◎一季一季的花开，凋零得太快。无奈，只留下一地衰败。没有什么会经年不改，也没有放不下的执念，趁年华尚好，且以杯酒释怀。

◎题张十一旅舍三咏·榴花

【唐】韩愈

五月榴花照眼明，
枝间时见子初成。
可怜此地无车马，
颠倒青苔落绛英。

◎当如火的榴花挂满枝头，这是入夏的讯息。在树下，守着树叶隙间那初结的小果。谁会知道这一树繁花，一粒清甜中，竟藏了一个四季。可叹无人懂。

◎题都城南庄

【唐】崔护

去年今日此门中，
人面桃花相映红。
人面不知何处去，
桃花依旧笑春风。

◎崔护，唐代诗人，字殷功。其诗风精练婉丽，语极清新，代表作有《题都城南庄》。

◎年年春回，风依然，桃花也依旧。可是你，却是再也不可能出现了。

◎题画兰

［清］郑燮

身在千山顶上头，
突岩深缝妙香稠。
非无脚下浮云闹，
来不相知去不留。

◎郑燮，清代书画家、文学家，字克柔，号理庵，又号板桥。其诗书画，世称“三绝”，著有《郑板桥集》。

◎你身处险峻陡峭岩石、山崖间，却依然散发着浓郁的香气，从不顾脚下浮云翻滚，任它来去。

◎竹枝词九首·其二

〔唐〕刘禹锡

山桃红花满上头，
蜀江春水拍山流。
花红易衰似郎意，
水流无限似侬愁。

◎这满山盛开的桃花本藏了你我的爱情，鲜红似火焰在燃烧。不承想，君情已变，而今只剩一地凋零。难相诉，滔滔蜀江水，尽是愁绪。

◎虞美人·春愁

［宋］陈亮

东风荡飐轻云缕，
时送萧萧雨。
水边台榭燕新归，
一口香泥、湿带落花飞。

海棠糁径铺香绣，
依旧成春瘦。
黄昏庭院柳啼鸦，
记得那人和月折梨花。

◎陈亮，南宋思想家、文学家，字同甫，号龙川。所作政论气势纵横，词作风格豪迈，著有《龙川文集》等。

◎风雨交加，渐渐消瘦的春日，我在路边小径上，徘徊流连。你凋落的花瓣，曾是惊艳我眼眸的明媚春光。

◎紫薇花

【唐】杜牧

晓迎秋露一枝新，
不占园中最上春。
桃李无言又何在，
向风偏笑艳阳人。

◎与百花无争，你把春的明媚延长到了秋，在遍地都渐枯黄的季节，毫不退让，仰起了微笑的脸。

◎醉花阴·黄花漫说年年好

[宋]辛弃疾

黄花漫说年年好。也趁秋光老。绿鬓不惊秋，若斗尊前，人好花堪笑。蟠桃结子知多少。家住三山岛。何日跨归鸾，沧海飞尘，人世因缘了。

◎菊开泛黄，渲染了秋光，本想要和你共守余生，奈何终是情深缘浅。

◎野菊

[宋] 杨万里

未与骚人当糗粮，况随流俗作重阳。
政缘在野有幽色，肯为无人减妙香？
已晚相逢半山碧，便忙也折一枝黄。
花应冷笑东篱族，犹向陶翁觅宠光。

◎与你的相逢，在那匆忙的旅途中。幽静的山野，只感受到你盛开的香气，竟忍不住折了一枝淡黄。

辛夷坞

【唐】王维

木末芙蓉花，
山中发红萼。
涧户寂无人，
纷纷开且落。

◎选自《辋川集二十首》，这是第十八首。

◎一山盛开的辛夷花，花开热烈，花落洒脱。开在尘世之外。再无他人，只有一个人的流连，一个人的清欢。

◎霜天晓角·梅

［宋］范成大

晚晴风歇，一夜春威折。
脉脉花疏天淡，云来去，数枝雪。
胜绝，愁亦绝。此情谁共说。
惟有两行低雁，知人倚、画楼月。

◎肆虐了一冬的寒意，在几株梅花间辗转着、徘徊着。淡淡花影，白若初雪，渗透在我孤寂的心里。一缕情丝，几多乱麻。但见空中两行鸿雁，能寄相思否？

◎雨过山村

[唐] 王建

雨里鸡鸣一两家，
竹溪村路板桥斜。
妇姑相唤浴蚕去，
闲看中庭栀子花。

◎王建，唐朝诗人，字仲初。其诗题材广泛，生活气息浓厚，著有《王司马集》等。

◎院中的栀子花无人看顾，但满庭花香却证明了它的繁盛。

◎雨中花慢·今岁花时深院

[宋]苏轼

初至密州，以累年旱蝗，斋素累月。方春牡丹盛开，遂不获一赏。至九月，忽开千叶一朵，雨中特为置酒，遂作。

今岁花时深院，尽日东风，轻飏茶烟。
但有绿苔芳草，柳絮榆钱。闻道城西，
长廊古寺，甲第名园。有国艳带酒，
天香染袂，为我留连。

清明过了，残红无处，对此泪洒尊前。

秋向晚、一枝何事，向我依然。

高会聊追短景，清商不假余妍。

不如留取，十分春态，付与明年。

◎秋深了，我看见一枝鲜红独放。这隔着季节的遥远相逢，多么难得，可瑟瑟秋风不懂。

曲池荷

【唐】卢照邻

浮香绕曲岸，
圆影覆华池。
常恐秋风早，
飘零君不知。

满园花菊郁金黄，
中有孤丛色似霜。
还似今朝歌酒席，
白头翁入少年场。

◎重阳席上赋白菊

【唐】白居易

◎东栏梨花

［宋］苏轼

梨花淡白柳深青，
柳絮飞时花满城。
惆怅东栏一株雪，
人生看得几清明！

戊戌初夏接木白玫瑰盛開特為寫照
非闇七十歲